Made in the USA
Monee, IL
08 February 2020

21516196R00066